ULISSES TAVARES
Ilustrações
ALEXANDRE SEGRÉGIO

Selecionado para o PNLD/SP

9ª edição

Copyright © Ulisses Tavares, 1997

Editor: CLÁUDIA ABELING-SZABO
Assistentes editoriais: NAIR HITOMI KAYO
Suplemento de trabalho: FLORIANA TOSCANO CAVALLETE
Coordenação de revisão: LIVIA MARIA GIORGIO
Gerência de arte: NAIR DE MEDEIROS BARBOSA
Supervisão de arte: JOÃO BATISTA RIBEIRO FILHO
Produção gráfica: ROGÉRIO STRELCIUC
Impressão e acabamento: GRÁFICA PAYM

Dados Internacionais de Catalogação na Publicação (CIP)

Tavares, Ulisses
    Viva a poesia viva / Ulisses Tavares ; ilustrações Alexandre Segrégio. — 9. ed. — São Paulo : Saraiva, 2009. — (Coleção Jabuti)

    ISBN 978-85-02-05846-0

    1. Poesias infantis brasileiras I. Título. II. Série.

CDD-869.91

Índice para catálogo sistemático:
1. Poesias infantojuvenis : Literatura brasileira   869.91

10ª tiragem, 2022

Avenida das Nações Unidas, 7221 – Pinheiros
CEP 05425-902 – São Paulo – SP
Tel.: (0xx11) 4003-3061
www.coletivoleitor.com.br
atendimento@aticascipione.com.br

Todos os direitos reservados.
CL: 810088
CAE: 571362

ULISSES TAVARES

Apreciando a Leitura

■ Bate-papo inicial

Crítica bem-humorada, ironia com doses de esperança é o que se lê nos versos de *Viva a poesia viva*. Mostrando a vida a partir do ponto de vista do jovem, a primeira referência é o próprio eu, que descobre o outro — próximo e distante — com quem compartilha espantos, alegrias, inquietações. Tudo isso numa linguagem muito especial: a forma poética de perceber o mundo. É a poesia viva, de amarras e profundamente ligada ao seu tempo.

■ Analisando o texto

Poesia ou poema?

1. "Quando eu era menino... conseguia botar uma frase embaixo da outra, chamava aquilo de poesia..." Segundo Ulisses Tavares, naquela época ele fazia versos, mas não poesia. Agora que você leu seus poemas atuais, seria capaz de dizer por que podemos defini-los como poesia?

R.: _____

_____

_____

_____

_____

_____

2. Poema é um pequeno mundo completo: tem suas rimas, seu ritmo próprio, sua sonoridade particular, seu significado. Apesar disso, ele pode ligar-se a outros, compondo um significado maior. Neste livro, cada conjunto de poemas agrupados sob um título possui um tema dominante. Qual(is) tema(s) é(são) indicado(s) pelos títulos a seguir?

"Poeta": _____

_____

"Sentimentos": _____

_____

"Reflexões": _____

_____

"Escola": _____

_____

"Realidade": _____

_____

"Ecologia": _____

_____

3. De *Viva a poesia viva*, pode-se dizer que a mensagem é centrada no "eu" na primeira parte, deslocando-se para um "tu" e, em seguida, para o mundo ao redor. Leia e compare os poemas "Pimba" (pág. 36) e "Além da imaginação" (pág. 57).

R.:

4. "Já não dá mais para ser criança / falta muito pra ser adulto. / A gente vai levando." O poeta "veste a pele" de um menino/adolescente e, em função de sua própria vivência, sensibilidade e observação, expressa seus sentimentos em relação ao mundo a partir do ponto de vista da criança e do jovem.

a) Além dos temas, que outros recursos o poeta utiliza para ser verdadeiro nessa tarefa?

R.:

b) Você se identificou com as inquietações do poeta? Há algum poema que você "poderia ter escrito"?

R.:

5. Para refletir o tempo presente, em que tudo acontece de modo rápido e instantâneo, nada melhor que o texto curto, direto, incisivo, concentrado. De que modo "Day after" (pág. 13), "Plim-plim" (pág 17) ou "Meditação transcendental" (pág. 37) realizam essa tarefa?

R.:

Para qualquer comunicação sobre a obra, entre em contato:

SARAIVA Educação S.A.
Avenida das Nações Unidas, 7221 – Pinheiros
CEP 05425-902 – São Paulo – SP – Tel.: (0xx11) 4003-3061
www.editorasaraiva.com.br
atendimento@aticascipione.com.br

Escola: _____

Nome: _____

_____

Ano: _____ Número: _____

6. Viver o seu tempo é também olhar para o produto da cultura humana e dialogar com outros textos, com outros poetas, com outros artistas. Por exemplo, no poema "Definitivo alô" (quarta capa), ao dizer que "paixão boa é para sempre / até que outra pinte no pedaço", o poeta refere-se aos últimos versos do "Soneto da fidelidade" de Vinícius de Moraes — "que não seja imortal, posto que é chama / mas que seja infinito enquanto dure" [o amor]. É como se um poema dialogasse com o outro.

a) "A criação do mundo" (pág. 48) faz referência a outro texto. Você sabe qual é? Pesquise. Ao encontrá-lo, copie um trecho.

R.:_____

_____

_____

b) E o "Slogan escolar" (pág. 49)? Refere-se a quê?

R.:_____

_____

c) No poema "À primeira vista" (pág. 31) o poeta indiretamente cita que famosos pintores?

R.:_____

_____

7. Para descrever a amada, o poeta emprega uma técnica interessante. Descreve-a tomando apenas o corpo e o sorriso, características que chamam muito a atenção. Assim, ficamos com a impressão de como ela é, montando uma imagem resultante de "corpo de Capela Cistina" e "sorriso de Mona Lisa / pouquinho mais escrachado".

a) Em "Pobreza sideral" (pág. 58), ocorre um processo semelhante. Explique a imagem que o poeta construiu dos "etês" de seu (nosso) país.

R.:_____

_____

_____

_____

_____

11. A ironia e o humor são recursos às vezes muito sutis, implicando uma certa cumplicidade com o leitor: é preciso um certo entendimento entre eles. O que você acha desse modo de transmitir mensagens?

R.:_____

_____

_____

_____

_____

■ Redigindo

12. Leia outros poetas que também observaram e cantaram os atos humanos através de pequenos textos cheios de humor e ironia. Sugerimos *Prosa e verso*, de Mário Quintana, e *Hai-kais*, de Millôr Fernandes. Redija uma resenha crítica comentando-os. Selecione os poemas que mais lhe agradaram e cole no mural.

13. Escreva você também seus poemas. Tanta coisa acontecendo lá fora e com você mesmo que é impossível deixar de registrar! Depois, não tenha medo de mostrá-los! Se for possível, alguém pode se encarregar de imprimir ou digitar todos, tirar cópias e juntar com uma espiral. Está pronta a antologia da turma.

14. Que tal fazer um poema coletivo? Alguém começa escrevendo o primeiro verso no alto de uma folha de papel. Outra pessoa recebe essa folha, coloca um segundo verso e a passa adiante, até que todos tenham feito sua contribuição. Depois, é só ler o resultado!

15. Quem sabe tocar um instrumento ou tem noções de canto pode musicar sua produção poética. Ou escolher entre os poemas dos colegas que dariam músicas legais.

16. Ilustre algum poema do livro: vale desenho, pintura, fotografia, filme de vídeo, desenho no computador, colagem...

_____

_____

b) Exercite sua criatividade e observação: descreva uma pessoa, utilizando essa técnica. Não se esqueça de destacar apenas os traços dominantes e de ser bem original.

R.:_____

_____

_____

_____

8. Ironia é um recurso de estilo utilizado principalmente na crítica. Consiste em dizer algo, querendo transmitir exatamente o contrário. Por exemplo, dizer "Que anjinho!" para alguém que está muito longe disso é fazer ironia.

a) Explique a ironia presente no poema "Autorama" (pág. 63). Que crítica se faz aí?

R.:_____

_____

_____

_____

_____

b) A parte do livro mais carregada de ironia é "Realidade". Releia os poemas e explique por que isso ocorre. Quais os exemplos mais fortes?

R.:_____

_____

_____

_____

_____

9. Em poesia, ritmo é essencial. É a cadência obtida pela alternância de sons fracos e fortes, pela rima, pela repetição de palavras ou frases; pela enumeração... Você percebe o ritmo de um poema principalmente lendo-o em volz alta e ouvindo seus sons, sua musicalidade; mas, como se trata de texto escrito, você pode também observar a organização das palavras.

Leia os poemas "além da imaginação" (pág. 57), "Moda" (pág. 40), "Temperatura" (pág. 27) e "Pimba" (pág. 36) e indique os recursos que constituem seu ritmo.

R.: _____

_____

_____

_____

_____

_____

_____

_____

_____

10. A palavra é o material de trabalho do poeta. Usá-la com habilidade significa encontrar maneiras especiais de dizer alguma coisa.

a) Não é possível entender o verso "somos todos arco-íris" ("Daltonismo", pág. 56) no sentido literal. Qual o significado especial que "arco-íris" assume no poema?

R.: _____

_____

_____

_____

a) Explique o humor conseguido pela troca de "saiu" por "evacuou" em "Vapt-vupt" (pág. 61): "entrou por um ouvido / evacuou pelo outro".

R.: _____

_____

_____

_____

_____

*P*apo de poeta

*O*s grandes pensadores da humanidade, em todos os tempos, vêm tentando responder a três perguntas que qualquer ser humano se faz um dia ou outro:

Quem sou? De onde vim? Para onde vou?

Já eu, poetinha tupiniquim, por força do ofício e da curiosidade alheia, venho tropeçando em três perguntinhas o tempo todo:

O que é poeta? O que é poesia? Para que serve a poesia?

E só agora, depois de muitos livros editados e muitos quilômetros rodados, posso responder em definitivo, a vocês, gatinhas e gatões aqui presentes:

Eu não sei o que é poeta.

Nã sei o que é poesia.

E também não sei para que serve a poesia.

Quando eu era menino, precoce em leitura e débil mental em matemática, conseguia botar uma frase embaixo da outra, chamava aquilo de poesia e o autor de poeta. Tinha coragem de mostrar os versos para a namoradinha, mas para os amigos não: no interior onde eu morava, cidade de operários e agricultores, poesia não era coisa de macho.

Aos poucos, melhorando um pouquinho o que escrevia e o que vivia, fui descobrindo outros poetas, alguns por biografias, outros ao vivo e em cores.

Poetas geniais no texto e medíocres na vida.

Poetas medíocres no texto e geniais na vida.

Por exemplo: hoje, eu vejo Lampião, o cangaceiro, como um grande poeta. Não deixou nada escrito, mas interpretou na prática num belo poema épico da revolta humana. Ele colocou para fora, à bala e na ação, o que o homem do seu tempo sentia diante da injustiça.

Sem bala, Jesus Cristo também fez seu poema vivo.

Agora, literalmente, poeta é todo aquele que faz poesia e ponto final.

Uma coisa eu sei: quanto mais você se lambuza de vida, mais fácil fica reconhecer um poeta quando dá de cara com um. Porque poeta que é poeta nem sempre fica só metendo os peitos em versos. Às vezes, vai fundo no que sente que até se esquece de passar para o papel.

Onde é que eu estava mesmo?

Lembrei. Na segunda pergunta: o que é poesia?

Em minhas primeiras loucuras escritas, poesia era uma coisa de macaquito. Eu queria imitar as poesias que lia. Não me preocupava com a clareza, com quase nada. Se as palavras me pareciam bonitas, eu colocava lá e pronto.

Depois complicou tudo, porque poesia e amor são assim uma espéci de vício. Quanto mais você experimenta, mais você quer. E mais exigente você fica.

O mais fantástico da poesia, o seu charme, é que ela pode ser tudo. E pode ser de todas as formas. Por exemplo: há mil anos que se fazem poemas de amor. No entanto, cada poeta faz poesia de amor de um jeito. A poesia tem a capacidade de cantar o mesmo sentimento de forma sempre diferente.

E vale tudo: até mesmo não usar palavras.

Valem números, vídeo, símbolos, letras, fotos, o escambau.

Agora, devagar com o ardor que o santo da poesia é de barro. Vacilou, a poesia cai e quebra a cara. O compromisso com a beleza, com a originalidade é inevitável, e isso não se resolve só com palavras bonitinhas. Está cheio de poesia por aí perfeita do ponto de vista de construção literária, mas cujo ritmo é uma droga. Ou o ritmo é bom, e o conteúdo, idiota.

A grande dificuldade da poesia é justamente sua facilidade. Fazer poesia, qualquer um pode. Conseguir já é outra história.

Este livro me custou dois anos para escrever. Ele reúne dois livros, *Caindo na real* e Aos poucos fico louco***, e poemas inéditos. Fui tão a fundo que mostrei os poemas a um monte de jovens. Os poemas de que não gostaram, eu rasguei e comecei de novo. Mesmo assim, minha pretensão é ter conseguido meia dúzia de poemas bons, apaixonantes. No máximo. Gosto de poemas curtos e grossos. Diretos. Enxutos.

Mas, pelo amor de Deus, não peguem isso como regra da poesia. O tesão da poesia é que ela não tem regras. Decidam o que é poesia por sua própria conta e risco.

A única dica que posso dar é esta; leiam bastante poesia. Não tenham medo de não gostar. E, principalmente, não tenham medo de se entregar a ela. Igual à vida, a poesia bate forte em corações e cabeças abertas.

Quanto a "para que serve a poesia", se cair no vestibular vai todo mundo levar pau. Todas as opções assinaladas com x estarão certas. E todas estarão erradas.

Poesia serve tanto para protestar contra a guerra como para enaltecer o espírito de luta. Mas não vou ficar dando exemplos dos outros, que é covardia.

Vou falar de mim, que se errar vai por conta da vaidade; se acertar vai por conta da modéstia.

Já quis que a poesia servisse para conquistar garotas.

Como paquera deu certo, mas o resultado poético foi caretíssimo. Os melhores poemas de amor fiz sem esperar nada da poesia.

Também já quis ficar famoso com a poesia. E assinei contrato com a Globo para usar poemas meus em suas novelas. Consequência: todo mundo acha até hoje que os poemas das novelas eram dos próprios personagens.

Da ditadura dos anos rebeldes para cá, quis que a poesia servisse para derrubar os poderosos de plantão. Seria uma inverdade histórica afirmar que eles caíram por isso.

---

* *Caindo na real*, Coleção "Jovens do mundo todo", São Paulo, Brasiliense, 1984.
** *Aos poucos fico louco*, Coleção "Janela do futuro", Rio de Janeiro, Globo, 1987.

Nos últimos anos, tenho usado a poesia para deter as usinas nucleares, para fazer as pessoas se tocarem corporalmente e até para ganhar um dinheirinho, que a crise não poupa nem mesmo os poetas.

As usinas continuam se multiplicando, as pessoas continuam olhando os outros de longe, e o lucro líquido que tive com poesia foi tão pouco que o bebi todinho em dois chopes.

Mas para uma coisa a poesia talvez sirva, sim.

Para fazer a cabeça de quem a pratica. E fazer a cabeça de quem lê.

E, afinal de contas, é até bom que a poesia não sirva para nada. Igual às flores, que você pode até plantar em canteiros e achar lindo, mas que não nasceram para canteiros. Nascer é problema da flor. Fazer canteiros é problema seu.

Igualzinho a este papo aqui, porque, se os poemas que você vai ler aí na frente não disserem nada de bom, todo este lero terá sido um blá-blá-blá que você só decora para passar na prova e esquece.

Ah, sim, me faz um favor. Não leia este livro apenas por obrigação.

Poesia está mais para lição de vida que para lição de casa.

Ulisses Tavares

Poeta

Ego sum

essa coisa chamada eu
rima com deus e ateu,
com meu e com seu,
com nasceu e morreu,
essa coisa chamada eu
é um poema que todo mundo
escreve igual,
porque todo mundo é eu
mas só eu
posso escrever o meu.

Esse nó(s)

eu me chamo eu
a turma me chama nós
longe da turma
me sinto só
mas sou eu.
com a turma sou nós
mas quero ser eu.
de nós em nós
eu sou mais eu.

Ovni

está todo mundo
vendo disco voador.
mas Eu que é bom
ninguém repara.

Túnel

já não dá pra ser criança
falta muito pra ser adulto.
a gente vai levando.

Day after

sou a esperança do futuro
me dizem os mais velhos
embrulhando bombas de ódio quente
como se quisessem ver a esperança
acabar no presente.

Ouriço

sei não,
do jeito que me dão conselho
dá pra desconfiar à beça.
ou estou sempre errado
ou eles não entendem nada
de conversa.

Edifício Solidão

no prédio onde moro
moram outros meninos
loucos da vida
de estarem sozinhos
como eu, que até hoje
não apertei a campainha
do vizinho.

Inseparáveis em mim

papai e mamãe
moram separados.
como só tenho um coração,
cada um mora de um lado.

Plim-plim

cheguei em casa com a cabeça
cheia de grilos.
mas não deu no jornal nacional
e a família não ficou sabendo.

Amizadão

amigo, como o ar:
some e volta some e volta.
no peito da gente, fica.

Grande cara

vem cá, amigo,
se a amizade passar por aí
você vai reconhecer na hora:
ela se parece comigo.

Então, friends

levo a vida assim
meio direita, meio torta,
às vezes arrombando a festa
outras, dando com a cara na porta.

Sentimentos

O.V.N.I.

existe sim, menina
tudo: disco voador,
oitavo sentido, utopia
pronta, pedra filosofal,
coração em cada corpo
existe sim, menina
tudo.

Rascunho

escreve no seu caderno,
escreve:
noções de biologia
exercícios de matemática
questões gramaticais
e no canto da página
em vermelho:
um coração
nossas iniciais.

Telefonema irado

ela me ligou.
telefone fez tsim-tsim.

Toque

alguma coisa estranha acontece
quando se toca em gente.
experimente.

Temperatura

Fazia frio lá fora
quando saí para
encontrar a namorada.
E o coração bem embaixo
da blusa, da malha, da camisa,
da pele: aquecido.

Astral

não sei explicar,
e nem precisa.
pego sua mão e
em vez de cocôs de cachorro
nas calçadas
é em estrelas
que a gente pisa.

Chuac!

primeiro beijo,
igual apertar campainha
de casa estranha.
um pique só.

Computador sentimental

coisa mais louca,
minha alegria rápida,
quando você digita meu coração
e põe batata chips em minha boca.

À primeira vista

corpo de Capela Sistina,
com menos pecado,
sorriso de Mona Lisa
pouquinho mais escrachado,
por ela corto a orelha
fujo para o Taiti.
falo dela, claro,
que pintou em minha vida.

Saudade

releio seu bilhete
beijo sua foto
e ando assim sozinho
um jeito meio perdido
e meio tonto
de quem vai encontrar
você ali,
naquela rua que nem percebi
que já passei.

Reflexões

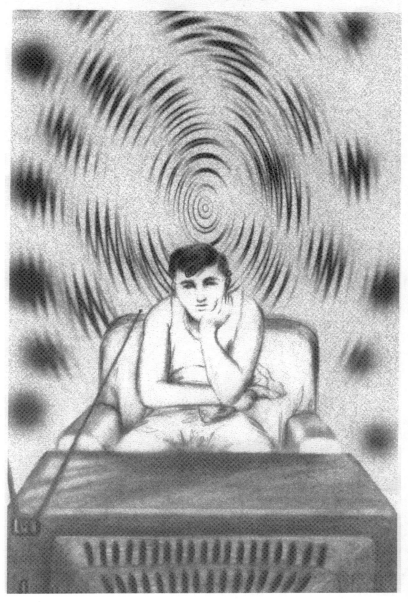

Memória de jovem

nem tantos motivos pra lembrar
mas também poucos pra esquecer:
é bom viver.

Pimba

descobri o que há comigo,
com tanta guerra, dor, miséria,
poluição em volta,
fica difícil olhar só
para meu amigo.

Meditação transcendental

Para meditar,
o homus modernus ocidentalis
cruza as pernas
deixa as costas eretas
os braços relaxados
concentra a atenção num
ponto e assim imóvel
em pensamento e ação
liga a televisão.

Controle remoto

você é quem assiste
mas é ela quem tevê.

Zap

belo dia movimentado
acontece rápido
como desenho animado.

Moda

o cabelo da moda,
a roupa, a dança,
a gíria da moda.
a moda passa,
eu fico.

Básico

sempre vai existir
alguém mais alto
que você.
e alguém mais baixo.
olhe as pessoas de
igual para igual.
evita complexos
e torcicolos.

Ao sucesso

nos comerciais de cigarros
todos são bonitos
ricos
jovens
atletas
e já decobriram a cura do câncer.

Levando a vida

sou novo demais pra saber
o que tem no fim desse
túnel escuro.
não dá pra ver nada ainda,
só pode ser o futuro.

Esperança

do jeito que está
é duro.
mas se depender de mim
vai ter futuro.

Escola

Cabulando, gazeando

matei aula
para viver
o sol lá fora.

A criação do mundo
(revista e diminuída)

e no princípio era o verbo
depois o advérbio e o composto
veio então a raiz quadrada
povoar de teoremas as águas
do cérebro
com toda ciência — e muita, mas
muita paciência — criou
toda matéria que há
separando a geografia o mar
da terra
lá pela hora do recreio
vieram a arte e a história
dar seus palpites
e foi depois da sétima aula
que o Professor descansou
não sem antes passar dois
mil anos de lição de casa
para que todos aprendessem
um pouco de tudo que há no mundo
e não levassem bomba no fim de ano.

Slogan escolar

o mundo das notas gira
e o estudante roda.

Notas

nota mínima.
nota média.
nota máxima.
o que é que isso prova?

Preparação para vestibular

assinale com um $
a resposta certa:

( ) advogado
( ) engenheiro
( ) médico
( ) filhinho de papai

Marque com um sinal

(+) cada um carrega sua cruz na vida
(x) xi, cai cada abacaxi na minha mão.
(c) cei cim profeçor.

Realidade

Super

Superpopulação
Superpoluição
Superstição
Supertensão
Socorro, super-homem!!!

Daltonismo

olhe de novo:
não existem brancos.
não existem amarelos.
não existem negros.
somos todos arco-íris.

Além da imaginação

Tem gente passando fome.
E não é a fome que você imagina
entre uma refeição e outra.
Tem gente sentindo frio.
E não é o frio que você imagina
entre o chuveiro e a toalha.
Tem gente muito doente.
E não é a doença que você imagina
entre a receita e a aspirina.
Tem gente sem esperança.
E não é o desalento que você imagina
entre o pesadelo e o despertar.
Tem gente pelos cantos.
E não são os cantos que você imagina
entre o passeio e a casa.
Tem gente sem dinheiro.
E não é a falta que você imagina
entre o presente e a mesada.
Tem gente pedindo ajuda.
E não é aquela que você imagina
entre a escola e a novela.
Tem gente que existe e parece
imaginação.

Pobreza sideral

nasci em um país de etês.
grandes olhos de glaucoma,
finas mãozinhas desnutridas,
bicho de pé,
barrigas d'água,
e uma linguagem de outro planeta
que os poderosos não entendem.

Menor abandonado

são tantos menores
abandonados pelas calçadas
que um dia os maiores
acabam tropeçando neles
e param de fingir
que ainda não notaram.

InFeliz Natal

criança pobre
não recebe a visita
de papai noel.
papai noel não acredita
que criança pobre exista.

Vapt-vupt

o discurso do político
para o povo
entrou por um ouvido
e evacuou pelo outro.

Que coisa

alguns analfabetos escrevem
a lei do cão com revólver,
outros, doutorados, escrevem
a lei do cão com caneta.
o efeito é o mesmo.

Autorama

atravessar a rua é divertido:
ônibus brincam de cabra-cega,
carros de vídeo-game,
pedestres de piques.
mas ninguém morre de mentirinha.

Comercial do futuro

telespectador, agarre esta
oportunidade:
apartamentos com vista total
para apenas dois fundos de edifícios,
o silêncio de uma avenida expressa,
o tamanho de um quarto de empregada
de antigamente.

Mãos ao alto

o homem bobo
com medo de assalto
fez um muro alto,
um portão alto
com dois cadeados
e três fechaduras.
um dia tocaram a campainha,
ele atendeu no ato.
era um assalto.

História

quem ganhou a guerra
virou estátua.
quem perdeu,
virou cocô de passarinho
na estátua.

cuidado com a história
que te contam,
pare para pensar.
estátua não voa,
olhe o passarinho.

Ecologia

Ecalogia

sem árvores pra vida
pardais e pombas
mandam bombas
nos ternos da avenida.

Poluição I

amanhece a cidade
em colorida cerração.
ou será bonita
a poluição.

Poluição II

olho gente
olho poluição
quanta gente
reclamando dela,
de carro
e cigarro na mão.

Poluição III

a sujeira e a fumaça
estão conseguindo
o impossível:
pássaros morrendo por falta de ar
peixes morrendo de sede no mar.

Contém P.Q.P.

antioxidantes
no refrigerante
conservador no
hot-dog
umectante no
sorvete
aromatizante na
goma de mascar.
está lançado o jovem de proveta.

Ao vivo e a cores?

sobraram tão poucos
animais selvagens
que cabem todos
na tela da televisão.

O rei da criação, quem é?

O joão-de-barro não faz
casa para alugar
o elefante é fortão
mas não faz guerra
o leão não ataca
sem fome
depois o único bicho
inteligente é o homem.

Engaiolado

o macaco do zoológico
me contou que é bem tratado.
tem comida, água fresca,
até um galho pra macaquice.
mas disse também:
macacos me mordam se
essa vida presta!
bem que trocava esse conforto
pela farra da floresta.

Classificado do futuro

vende-se vasinho de samambaia
diretamente da mata amazônica

Classificado do futuro

grão de areia de Ipanema. legítimo. arqueólogo vende. motivo: viagem.

De coonomin para filho de caraíba*

Desde antes de eu nascer
De meu pai nascer
De nascer o pai de meu pai
E o pai do pai do pai
De meu pai
O caraíba vem roubando
A terra e a vida e a dignidade
Dos índios.
Tomara que o filho dele
Aceite minha amizade
E o filho do filho do filho
Do filho do filho dele
Tenha uma História melhor
Para contar.

* coonomin: indiozinho; caraíba: homem branco (em tupi-guarani).

Ulisses Tavares é apontado pela crítica como um dos poucos polígrafos da literatura brasileira. Ou seja: ele escreve sobre diferentes assuntos, contando mais de 70 livros publicados, desde histórias em quadrinhos *underground* até romances sobre a história recente do Brasil, passando por livros de comunicação, contos ecológicos e literatura infantojuvenil, embora se considere fundamentalmente um poeta.

Ele concilia sua carreira de escritor com várias atividades: é professor universitário de criatividade, criativo publicitário internacionalmente premiado, consultor de marketing e propaganda, dramaturgo, compositor, roteirista de cinema e televisão e treinador de executivos e estudantes em criatividade aplicada em todo o Brasil.

Nem ele sabe como, mas ainda encontra tempo para responder a seus milhares de leitores, algo que considera essencial para alguém que vê na poesia a verdadeira ponte entre os seres humanos.

Se você quiser, pode escrever para ele. Acesse: www.ulissestavares.com.br